Leo y su familia

Lada Josefa Kratky

NATIONAL GEOGRAPHIC LEARNING | CENGAGE Learning®

Ese es Leo.

Leo está en la loma.

La leona es su mamá.

Ese león es el
papá de Leo.

El papá es el
de la melena.

Leo pasa el día al
lado de su mamá.

La leona nada.

Leo nada a su lado.

El sol se pone. La luna sale. La leona sale sola.